LITTLE CROW TO THE RESCUE

EL CUERVITO AL RESCATE

By/Por Victor Villaseñor

Illustrations by/Ilustrado por
Felipe Ugalde Alcántara

Spanish translation by/Traducido al español por
Elizabeth Cummins Muñoz

Piñata Books
Arte Público Press
Houston, Texas

Publication of *Little Crow to the Rescue* is funded by grants from the City of Houston through The Cultural Arts Council of Houston/Harris County. We are grateful for their support.

Esta edición de *El cuervito al rescate* ha sido subvencionada por la ciudad de Houston por medio del Concilio de Artes Culturales de Houston, Condado de Harris. Les agradecemos su apoyo.

Piñata Books are full of surprises!
¡Piñata Books están llenos de sorpresas!

Piñata Books
An Imprint of Arte Público Press
University of Houston
452 Cullen Performance Hall
Houston, Texas 77204-2004

Villaseñor, Victor.
Little Crow to the Rescue = El cuervito al rescate / by Victor Villaseñor ; illustrations by Felipe Ugalde Alcántara ; translation by Elizabeth Cummings Muñoz.
p. cm.
Summary: When his father teaches him to beware of the tricky human beings, who try to hit birds with rocks, Little Crow shares an idea which causes all the crows to proclaim him a genius and which alters their future.
ISBN-10: 1-55885-430-4 (hardcover)
ISBN-13: 978-1-55885-430-7 (hardcover)
[1. Crows—Fiction. 2. Human-animal relationships—Fiction. 3. Spanish language materials—Bilingual.] I. Title: El cuervito al rescate. II. Ugalde, Felipe, ill. III. Cummings Muñoz, Elizabeth. IV. Title.
PZ74.1.V542 2005
[E]—dc21 2004063132
CIP

∞ The paper used in this publication meets the requirements of the American National Standard for Permanence of Paper for Printed Library Materials Z39.48-1984.

5 6 7 8 9 0 1 2 3 4 10 9 8 7 6 5 4 3 2 1

This story is dedicated to all sons and daughters who have the ears to hear their parents and add to the wisdom of their parents.

–VV

Para Quique y Diego.

–FUA

Este cuento se lo dedico a todos los hijos e hijas quienes escuchan a sus padres y después agregan su sabiduría a la de sus padres.

–VV

To Quique and Diego.

–FUA

One afternoon, I was outside trying to catch the crows that would swoop down to steal the chicken feed that I had sprinkled in the yard. I would sneak up behind them as slowly and quietly as I could, but somehow, they would still hear me and fly off.

Papá was sitting on his favorite chair on the porch taking a break from work and watching me. Every time a crow flew away from me, Papá let out a thundering "Ha ha ha! It's impossible to catch them, *m'ijo*."

Finally, knowing that Papá had an answer to everything, I asked him, "Why do the crows always fly off when I try to catch them?"

As usual, Papá answered with a story.

Una tarde estaba afuera tratando de atrapar a los cuervos que descendían para robar la comida de las gallinas que yo había esparcido en el solar. Me les acercaba con mucho cuidado y sigilo, pero de alguna forma, los cuervos me escuchaban y volaban.

Papá estaba sentado en su silla favorita en la galería tomando un descanso mientras me observaba. Cada vez que un cuervo se alejaba de mí, Papá soltaba un sonoro "¡Ja, ja, ja! Es imposible atraparlos, m'ijo".

Finalmente, sabiendo que Papá tiene una respuesta para todo, le pregunté, —¿Por qué los cuervos se alejan cada vez que intento atraparlos?

Como siempre, Papá me contestó con un cuento.

Long, long ago a father crow and his son sat on a branch of a tall tree in the middle of a freshly planted cornfield. The sun was going down. A man and his son were taking their team of huge, black and white oxen in for the day. The village where they lived was in the distance on a steep, red hillside.

Hace mucho, mucho tiempo un papá cuervo y su hijo estaban sentados en la rama de un árbol muy alto en medio de un campo de maíz recién sembrado. El sol se estaba poniendo. Un hombre y su hijo retiraban una yunta de grandes bueyes negros y blancos después de un día de trabajo. El pueblo donde vivían quedaba lejos, en una roja ladera escarpada.

Father Crow turned to Little Crow and said, "Listen to me, *m'ijo*. This is very important. You see those humans way over there, across the field?"

"Yes," said Little Crow.

"Well, those creatures are very smart, and they do a lot for us. They plant corn, they move water, and they feed us with their fields. We like them very much. That's why we sing to them in the heat of the day, to give them heart to go on. But for some strange reason, they don't like us, even when we sing our best songs and fly overhead telling them that all is fine and that we love them very much."

Papá Cuervo miró a Cuervito y le dijo, —Escúchame, m'ijo. Esto es muy importante. ¿Ves a aquellos humanos allá a lo lejos, al otro lado del campo?

—Sí, —dijo Cuervito.

—Pues, esas criaturas son muy inteligentes y hacen mucho por nosotros. Siembran el maíz, mueven el agua y nos alimentan con sus campos. Nos agradan mucho. Por eso les cantamos durante la parte más calurosa del día, para animarlos a seguir adelante. Pero por alguna extraña razón, ellos no nos quieren, aún cuando cantamos nuestras mejores canciones y volamos por encima de sus cabezas avisándoles que todo está bien y que les tenemos mucho cariño.

Little Crow was shocked. "You mean, Papá, that they don't like the big crow sound that you make for them?"

"They used to years ago, when Mother Earth was young," said Father Crow, "but they don't anymore. And why, I just don't understand, *m'ijito*, especially since long ago, we first taught them how to plant corn."

Cuervito estaba asombrado. —¿Quieres decir, Papá, que no les gusta el gran sonido de cuervo que les haces?

—Antes sí les gustaba, cuando la Madre Tierra era joven, —dijo Papá Cuervo—, pero ya no. No puedo entender por qué, m'ijito, ya que, hace mucho tiempo, fuimos nosotros quienes les enseñamos a sembrar el maíz.

The farmer and his son were now coming across the field, getting closer and closer to Father Crow and Little Crow.

"Let me tell you something else, *m'ijito*, humans are very tricky, too. See the taller one coming toward us?"

"Yes," said Little Crow.

"Well," said Father Crow, "when he gets closer to us, he's going to bend over." Just then the farmer bent over. "Now, watch. He's going to pick up a rock." He picked up a stone. "Now he's going to hide it by the side of his leg."

Little Crow was amazed that his father knew so much. The farmer did hide the rock by the side of his right leg.

El granjero y su hijo ahora cruzaban el campo, acercándose más y más a Papá Cuervo y a Cuervito.

—Déjame decirte algo más, m'ijito, los humanos también son bien tramposos. ¿Ves al más alto que se nos acerca?

—Sí, —dijo Cuervito.

—Pues bien, —dijo Papá Cuervo—, cuando se acerque un poco más se va a agachar. —En ese momento el granjero se agachó—. Ahora, mira. Va a levantar una piedra. —Levantó una piedra—. Ahora la va a esconder junto a su pierna.

Cuervito se asombró de lo mucho que sabía su padre. El granjero sí escondió la piedra junto a su pierna derecha.

"Look," said Father Crow, "he's now going to crouch over, as if we don't see him anymore, and he'll continue coming toward us. Isn't that the most ridiculous thing that you've ever seen?"

"Yes," said Little Crow, "that is ridiculous. We can see him as clear as day, Papá. Yet he continues to come our way."

"Now it's time for us to fly away quickly," said Father Crow, shuffling his feet on the branch of the tree.

"Why?" asked Little Crow.

"Because in a second, he's going to get close enough to throw that rock at us," replied Father Crow.

—Mira, —dijo Papá Cuervo—, ahora se va a agachar, como si ya no lo viésemos, y seguirá acercándose. ¿No es eso lo más ridículo que hayas visto?

—Sí, —dijo Cuervito—, es ridículo. Lo podemos ver tan claro como el agua, Papá. Aún así, sigue acercándose a nosotros.

—Ahora debemos volar rápido, —dijo Papá Cuervo, moviendo las patas en la rama del árbol.

—¿Por qué? —preguntó Cuervito.

—Porque dentro de un momento, se va a acercar lo suficiente como para lanzarnos esa piedra, —le respondió Papá Cuervo.

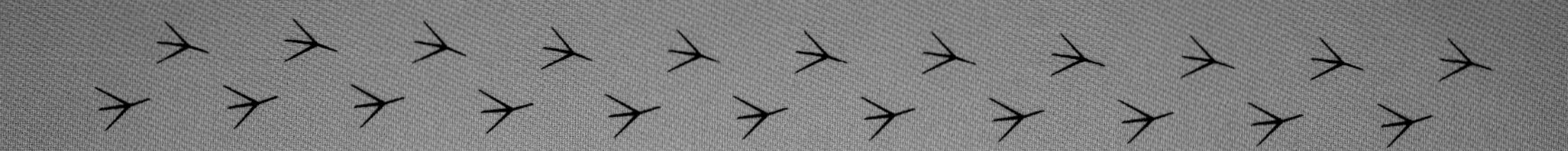

Just as the crows flew off, the farmer threw the rock with all his might. The big stone came flying fast and hit the tree the crows had been sitting on with a bang!

Father Crow cried in a loud voice, "Yaa-keee-iii-eee!"

The farmer yelled at him.

Laughing and cawing, the crows flew across the cornfield to a tree on the other side.

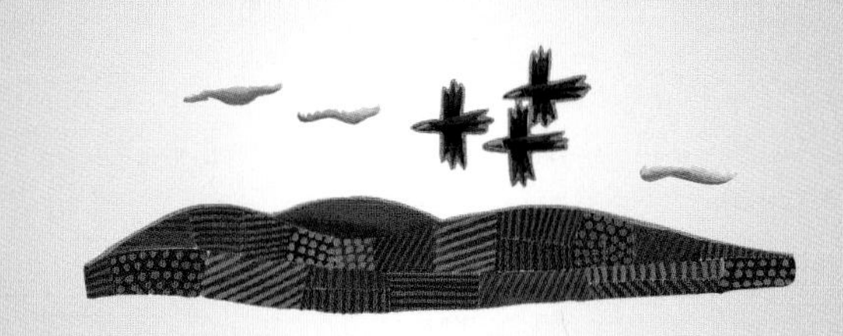

Tan pronto como los cuervos volaron, el granjero arrojó la piedra con toda su fuerza. La piedrota voló bien rápido y ¡zas! chocó con el árbol donde habían estado sentados los cuervos.

Papá Cuervo gritó con una voz fuerte, —¡Yaa-quiii-iii-iii!

El granjero le gritó.

Riéndose y cantando, los cuervos atravesaron el campo de maíz hasta un árbol que estaba al otro lado.

Still laughing, Father Crow turned to Little Crow and said, "See, just like I told you: humans are tricky!"

"And why do they do this?" asked Little Crow.

"You see, of all the animals in the world, humans are the most defenseless and awkward. They can't fly like we can, they can't run fast like deer, and they don't have big claws or teeth like jaguars," explained Father Crow.

Aún riendo, Papá Cuervo miró a Cuervito y le dijo, —¿Ves? ¡Te dije que los humanos son tramposos!

—Y ¿por qué hacen eso? —preguntó Cuervito.

—Verás, de todos los animales del mundo, los humanos son los más indefensos y torpes. No pueden volar como nosotros, no pueden correr rápido como el venado y no tienen ni las garras ni los dientes del jaguar, —explicó Papá Cuervo.

"Humans are jealous of us, the animals. They forgot that birds taught them to plant their crops, deer taught them to nurse and raise their young, and jaguars and lions taught them to hunt. Humans are just plain mean. Humans envy our gifts."

Shaking his head, Father Crow continued, "Humans would never have survived if it hadn't been for all the birds and animals that saved them."

But Little Crow did not shake his head like his father. No, he was thinking really hard and watching the farmer and his son.

—Es que los humanos tienen celos de nosotros los animales. Olvidaron que los pájaros les enseñaron a sembrar los cultivos, que los ciervos les enseñaron a criar y a alimentar a sus crías y que los jaguares y los leones les enseñaron a cazar. Los humanos son bien malos. Los humanos envidian nuestros dones.

Con un gesto negativo, Papá Cuervo continuó, —Los humanos no habrían sobrevivido si no fuera por todos los pájaros y animales que los salvaron.

Pero Cuervito no agitaba la cabeza como lo hacía su papá. No, él pensaba con cuidado y miraba al granjero y a su hijo.

"So, *m'ijo*," continued Father Crow, "the most important thing that you have to know, since we are forced to live with humans, is that anytime you see a man bend over to pick up a rock, that you take off before he comes any closer. If you don't, one of these days, he is going to hurt you. That's how Uncle Fly-Too-Late was hurt last year. Do you remember that a human threw a rock and broke his wing?"

—Por eso, m'ijo, —continuó Papá Cuervo—, la lección más importante que debes aprender, ya que nos vemos obligados a vivir con los humanos, es que cada vez que veas a un hombre agachándose para levantar una piedra, debes volar antes de que se acerque más. Si no lo haces, un día de estos, te van a herir. Eso le pasó a Tío Vuela-Muy-Tarde el año pasado. ¿Recuerdas que un humano le arrojó una piedra y le quebró el ala?

Little Crow continued to watch the farmer walking across the field with his son and their team of oxen. He suddenly had the biggest, brightest idea that he had ever had!

"Papá!" Little Crow screamed in a loud chirp. "You know what? The next time that I see a human coming our way, even before he bends over to pick up a rock, I'm going to fly off as fast as I can!"

"But why, *m'ijo*?" asked Father Crow.

"Because," said Little Crow, "who knows? He could have picked up a rock when I wasn't looking and already have it in his hand as he approaches me! After all, you said that they're very tricky."

Cuervito continuó mirando al granjero que caminaba por el campo con su hijo y la yunta de bueyes. De repente, ¡se le ocurrió una gran idea, la más brillante de toda su vida!

—¡Papá! —gritó Cuervito con un fuerte gorjeo—. ¿Sabes qué? La próxima vez que vea a un humano acercarse, antes de que se agache a levantar una piedra, ¡voy a volar tan rápido como pueda!

—Pero, ¿por qué, m'ijo? —preguntó Papá Cuervo.

—Porque, —dijo Cuervito—, quién sabe, ¡qué tal si el humano ya había levantado una piedra cuando yo no lo miraba, y ya la tiene en la mano cuando se acerca! Al fin y al cabo, tú me dijiste que son muy tramposos.

The wind picked up, and all the leaves danced on the tree. Father Sun was smiling his last smile as he prepared to go behind the horizon. The sky turned pink and yellow and happy. Father Crow was astonished! He gave out a long, huge, mighty cry that could be heard across the entire valley!

"My son is a genius!" he crowed. "He has taught me something new! From now on, when any human approaches any of us, fly, fly away as fast as you can even before he bends down to pick up a rock because he might already have it in his hand!"

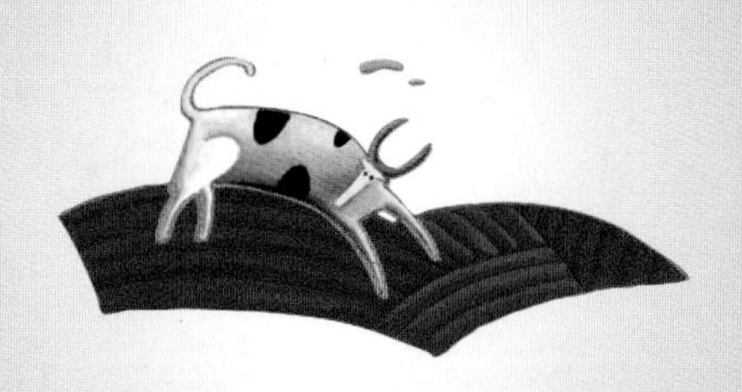

El viento empezó a soplar más fuerte, y todas las hojas bailaron en el árbol. Papá Sol sonreía su última sonrisa preparándose para esconderse detrás del horizonte. El cielo se puso rosado y amarillo y feliz. ¡Papá Cuervo estaba asombrado! ¡Dio un graznido tan grande y poderoso que se podía oír por todo el valle!

—¡Mi hijo es un genio! —gritó—. ¡Me ha enseñado algo nuevo! Desde ahora en adelante, cuando cualquier humano se nos acerque, volemos, volemos tan rápido como podamos, aún antes de que se agache a levantar una piedra, ¡porque puede ser que ya la tenga en la mano!

"There's a genius among us!" other crows crowed in loud, shrill voices. "He says that we should all start flying off before we see humans bend over to get a rock because they might already have a rock in their hands."

This message was so bright and new and marvelous that from valley to valley all the crows shouted it, cawing with their best and loudest voices!

So that year, even before the corn was as tall as men on horseback, all the crows in Mexico knew to fly off before a man bent to pick up a rock.

By the following year, all crows from North to South America had the same information. That is why to this very day, everywhere, all over the world, birds take off in flight whenever a human approaches them.

—¡Hay un genio entre nosotros! —otros cuervos anunciaron en grandes voces chillonas—. Dice que todos debemos salir volando antes de que los humanos se agachen a levantar una piedra, porque ya la podrían tener en la mano.

¡Este mensaje era tan brillante y nuevo y maravilloso que los cuervos lo gritaban de valle en valle, chillando y cantando con sus mejores y más fuertes voces!

Así es que ese año, aún antes de que el maíz creciera tan alto como los hombres montados a caballo, todos los cuervos en México sabían que debían volar antes de que un hombre se agachara a levantar una piedra.

Para el año siguiente, todos los cuervos desde América del Norte hasta América del Sur tenían la misma información. Es por eso que hasta hoy, en todas partes y por todo el mundo, los pájaros vuelan cada vez que se les acerca un humano.

"So, you see *m'ijo*, this is why you can never catch a crow," Papá said.

Like many of his stories, Papá had learned it from his mother, Doña Margarita, who had learned her stories from her father, a powerful Indian from Mexico.

After hearing this story on that sunny afternoon, it quickly became one of my favorites because it taught me that a son, no matter how young, can teach his father a thing or two.

Also, I always felt that it was true that we humans must have been lost, defenseless creatures when we first came into the world, and it was our animal friends who taught us how to survive.

—Es por eso, m'ijo, que no puedes atrapar a un cuervo —dijo Papá.

Papá aprendió este cuento, como muchos otros, de su madre, doña Margarita, y ella, de su padre, un poderoso indio de México.

Después de escuchar este cuento aquella tarde soleada, pronto se convirtió en uno de mis favoritos porque me enseñó que un hijo, no importa cuan joven sea, puede enseñarle algo a su padre.

Además, siempre pensé que nosotros los humanos debimos de haber sido criaturas perdidas e indefensas cuando llegamos por primera vez a este mundo, y que fueron nuestros amigos los animales quienes nos enseñaron cómo sobrevivir.

Victor Villaseñor was born in a barrio in Carlsbad, California and raised on a ranch in Oceanside. He heard this and many other stories from his father, whose mother, Doña Margarita, learned her stories from her father, a powerful Indian from Mexico. Villaseñor believes that children can teach their parents important lessons in the same way Little Crow taught his father and the crows to protect themselves from humans. He continues to share his childhood stories with readers. He wrote *Mother Fox and Mr. Coyote* (Piñata Books, 2004) and *The Frog and His Friends Save Humanity* (Piñata Books, 2005).

Victor Villaseñor nació en un barrio de Carlsbad, California, y se crió en un rancho en Oceanside. Escuchó éste y otros cuentos de su papá, cuya madre, doña Margarita, los aprendió de su papá, un poderoso indio de México. Cree que los niños pueden enseñarles importantes lecciones a sus padres así como Cuervito les enseñó a su papá y a los cuervos cómo protegerse de los humanos. Villaseñor sigue compartiendo los cuentos de su niñez con su público. Escribió *Mamá Zorra y Don Coyote* (Piñata Books, 2004) y *La rana y sus amigos salvan a la humanidad* (Piñata Books, 2005).

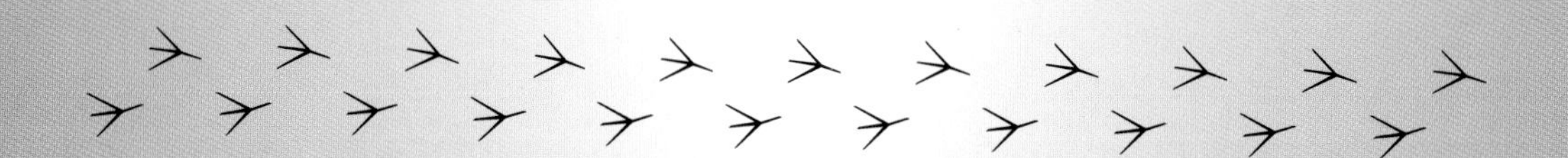

Felipe Ugalde Alcántara was born in Mexico City in 1962. He studied Graphic Communication at the National School of Art in Mexico's National University, where he later taught an illustration workshop. He has been an illustrator and designer of children's books, textbooks, and educational games for fifteen years. He has taught illustration workshops for children and professionals and has participated in several exhibitions in Mexico and abroad. Alcántara illustrated *Mother Fox and Mr. Coyote* for Piñata Books in 2004.

Felipe Ugalde Alcántara nació en la ciudad de México en 1962. Estudió Comunicación Gráfica en la Escuela Nacional de Arte de la Universidad Nacional de México, donde después dictó un taller de ilustración. Ha trabajado como ilustrador y diseñador de libros infantiles, libros de texto y juegos educacionales para casas editoriales en México por quince años. Ha enseñado talleres de ilustración para niños y profesionales, y ha participado en varias exposiciones en México y en el extranjero. Alcántara ilustró *Mamá Zorra y Don Coyote* para Piñata Books en 2004.